Christina Guerra

LEIGH BARDUGO est née à Jérusalem et a grandi à Los Angeles.
Diplômée de l'université de Yale, elle est l'autrice de la trilogie *Grisha*, des duologies *Six of Crows* et *King of Scars* et de deux recueils illustrés : *Le chant des ronces* et *The Lives of Saints*. Ces romans forment le Grishaverse. Traduit en 38 langues, le Grishaverse fait l'objet d'une adaptation Netflix.

Avec la permission de l'illustratrice

DANI PENDERGAST est illustratrice et dessinatrice de bande-dessinées. Diplômée en Arts appliqués de l'université de Syracuse, elle a collaboré avec Apple, The Boston Globe ou encore The New York Times. Elle habite actuellement à Boston, dans le Massachusetts.

POUR LES ÉQUIPES
ET LES ACTEURS
DE *SHADOW AND BONE*,
ET EN PARTICULIER BEN,
QUI FAIT PARTIE
DES GENTILS.
LB

POUR DISCO,
ROSE ET GEOFF.
DP

LEIGH BARDUGO · DANI PENDERGAST

DEMON IN THE WOOD

LE SECRET DU DARKLING

Un roman graphique
traduit de l'anglais (États-Unis)
par Anath Riveline

milan

Des sorcières se cachent dans les bois.
Ne ris pas, petit.
Des sorcières et des sorciers, tapis derrière les arbres.

Dans les villes et les villages, ils nous écoutent, peut-être à cet instant même.
Les faiseurs de marée, qui contrôlent les mers.
Les hurleurs, maîtres des vents.
Les inferni, qui domptent le feu.
Et les fondeurs, capables de broyer tes poumons dans ta poitrine.
Au nord, dans les étendues glacées de Fjerda, au sud dans les forêts et les champs de Ravka, et ici, à la frontière, ces créatures circulent dans notre monde, le manipulant à leur gré.

Ils sont maudits, et maudissent tout être et toute chose sur leur passage.
On dit d'eux que ce sont des sorcières, des monstres, mais eux se donnent le nom de...
... Grishas.

Tu crois qu'il y a des Grishas par ici ?
Possible.
Arrête de leur faire peur.
Il n'y en a pas dans ces montagnes.
Non ?
Sûr que non. Ils craignent trop les chasseurs de Grishas. Les *drüskelle*.

Moi, plus tard, je serai chasseur de Grishas.

ZONE FRONTALIÈRE.
SUD DE FJERDA.

Ça ne va pas ?
C'est un village *otkazat'sya*, non ?
Tu as dit qu'on arriverait au camp grisha demain.
Si le temps le veut.
N'est-ce pas dangereux que le camp soit si près de ce village ?
Avec l'arrivée des fortes neiges, personne ne s'aventurera dans ces cols.
Pas même pour chasser.
Le camp ne risque rien.

Alors, comment t'appelles-tu ?
Eryk.
D'où viens-tu ?
Balakirev.
Et mon nom à moi ?
Madraya.
Malheureux !
Tu veux que le ulle m'appelle « maman » ? Dis mon nom.
Lena. Pour l'instant.
C'est ça.

Doit-on vraiment changer de nom à chaque fois ?
Évidemment. Le monde n'est pas sûr pour les Grishas.
Et il est encore plus dangereux pour nous deux.
Tu n'es pas un garçon comme les autres.
Et si on m'interroge sur mon père ?
Tu diras qu'il est mort.

L'est-il ?
Ça ne devrait plus tarder.
Toi, tu vivras bien plus longtemps que lui. Cent ans. Peut-être mille.
Et lui ne sera plus que poussière à tes yeux.

Redis-moi ton nom.
Pff...
Eryk.
D'où viens-tu ?
Balakirev...

Tu vas rester ici cette nuit.
Et toi ?
Je pars en éclaireur.
Les Grishas se méfient toujours des inconnus.
Tiens.

Fjerda
Tu vois, nous sommes ici.
Le camp n'est plus qu'à quelques heures.

Pain de seigle. Une outre d'eau. Ça devrait te suffire pour la nuit.
Je dois prendre la lanterne.
Mais...
C'est la seule qu'on a.
Je sais. J'en aurai besoin pour la route.
Tu t'en sortiras, n'est-ce pas ?

Tu as passé l'âge d'avoir peur du noir.
Ça ira.
Je devrais être de retour vers midi.

WOOOOOOOOOOOO..
Tu as passé l'âge d'avoir peur du noir.

« Dis-moi ton nom. »
Eryk.

Eryk...
Eryk...
Arkady...
Iosef...
Staski...
Anton...
Des centaines de noms. Une nouvelle histoire pour chaque bourgade, chaque ville, chaque camp traversé.
Kiril.

On glane
ce qu'on peut,
et on repart
sans laisser
de traces.

Debout.

Si ça tourne mal, tu sais quoi faire.
Oui.
Bats-toi.
Et continue à te battre.

Quel est ton nom?
Euh? Je...
Eryk.
Entraîne-toi encore.

Eryk...
Eryk...
Par là.

On pourrait passer quelque temps ici.
Jusqu'à quand ?
La fonte des glaces.
Trois mois ? Quatre ?
Tout l'hiver ?
Le ulle est un puissant hurleur et il a vu les nouveaux chasseurs de sorcières fjerdans se battre.
Il peut nous apprendre ce qu'il sait.

Tout l'hiver...
D'accord.
C'est tout ?
Ça te ravit,
je le vois.
Mais souviens-toi :
si on reste,
il faudra redoubler
de prudence.
Regarde,
le ulle vient
nous accueillir
en personne.

« Ulle »,
ça veut dire
quoi, déjà ?
Chef de village.
Nous devons
améliorer
ton fjerdan.
Je parle déjà shu
et kerch en plus
du ravkan...
Il faut que
tu sois chez toi
partout.
Qui sont
ces hommes ?
Les aînés.
Des vieillards
qui se félicitent
de leur sagesse
en se grattant
la barbe.

Bienvenue, Lena ! As-tu fait bon voyage ?

Fatigant.
Tu m'en vois désolé.
Les aînés auraient volontiers envoyé des hommes chercher Eryk.
Mon fils et moi n'avons besoin d'aucune faveur.
Peut-être...
... mais sache que vous êtes plus que bienvenus ici.
C'est ce que tu dis, pourtant...

... le comité d'accueil n'a pas l'air de ton avis.
Sottises.
D'ailleurs, les aînés se réunissent bientôt et ta présence serait un honneur pour nous, Lena.
Vraiment ?

Certains s'opposaient à voir une femme au conseil…
… mais ils ont perdu au vote.
Merci pour ta franchise, ulle. Maintenant je sais combien d'imbéciles je vais devoir convaincre.
Ils ont leurs habitudes, tu vois, et tu n'es pas juste une femme, tu es…
… ils craignent que tu ne sois pas totalement *naturelle*.

Les premiers hommes qui ont vu des ours les ont pris pour des monstres.
Mon pouvoir est mystérieux, mais parfaitement naturel.
Les ours restent dangereux, avec leurs griffes et leurs crocs.
Mais depuis les hommes ont des lances en acier. Ne me prends pas pour une imbécille, ulle.

Ha ha !
J'aime ta hargne, Lena. Mais vas-y doucement avec les aînés.

En parlant d'ours...
... on en a repéré un gros dans le coin. Peut-être un amplificateur.
Oh ?
Une chasse s'organise. Te joindras-tu à nous ?
Un instant, ulle.
Ce devrait être une question de rang.
Un Grisha qui porte les os d'un amplificateur peut décupler sa puissance.
Et l'honneur de chasser un amplificateur devrait-il revenir à une étrangère ? Tout ce pouvoir gâché pour une femme.
C'est vrai.

Lena et son fils font désormais partie du camp. Ce ne sont plus des étrangers...
... mais peut-être ceux qui donneront le coup mortel...

Je vous le laissé.
Je n'ai besoin d'aucun artifice pour augmenter mon pouvoir.
C'était...
... la Coupe ?
Abomination.

Mettez-vous à l'aise.
Faites comme chez vous.
snf
snf

Dis-moi, Eryk...
... Tu penses que tu seras bien ici ?
Der git ver rastjel.
Recevez notre gratitude.
Ah, tu connais le salut traditionnel !
Fel holm ve koop djet.
Votre présence nous honore.

Pourquoi le camp n'est-il pas fortifié ?
Ça t'inquiète ?
Les villageois ne font pas attention à nous... et ils ignorent ce que nous sommes.
Quelqu'un doit savoir.
Sinon, comment on vous aurait trouvés ?
Mon fils a raison. Je n'ai vu qu'un seul garde et pas de rempart.

C'est en construisant des murs qu'on fait naître la méfiance.
Nos maisons sont basses.
Nous ne touchons ni aux champs des villageois ni à leurs fermes, et ne chassons pas leur gibier.
Nous ne leur donnons aucune raison de penser que nous possèdons quelque chose qu'ils désirent.
Tu seras à l'abri ici.
Et si tu restes jusqu'au printemps, nous irons voir les tigres blancs dans le permafrost.
Des tigres?

Ça me vaudra peut-être un vrai sourire.
Mon fils te dira ce qu'il y a à savoir sur eux.
Alors ?

Qu'en penses-tu ?
Peut-on rester jusqu'au printemps ?
Possible. Parle-moi du camp.
Douze cabanes, dont huit avec cheminée...
Ah ?
Ce sont celles des Grishas haut placés.
Je vois. Quoi d'autre ?

Le ulle est riche, mais il a les mains calleuses : il fait sa part. Et il boite.
Une blessure récente ?
Non.
Comment le sais-tu ?
L'usure de sa botte. Il marche comme ça depuis longtemps.
Continue.
Il a menti à propos des aînés.

Ah oui ?
Personne n'a voté pour ta présence au conseil, il l'a imposée.
Pourquoi dis-tu ça ?
Le son de sa voix, la distance entre lui et le reste du groupe quand nous sommes descendus du col.

Tu joues avec le pouvoir comme d'autres dansent avec les vagues.
Ça fera de toi un excellent leader.

Autre chose ?
Cette cabane pue.
De la graisse de renne sûrement. Les Nordiques en mettent dans leurs lampes.
On a connu pire. Les marécages près de Koba, tu te souviens ?
Je suis sûr que c'était la faute d'un seul et unique fondeur.
Mais c'est partout pareil.
Les Grishas vivent dans des tentes sales, des mines abandonnées, des tunnels cachés.

Sans terre à eux, ils sont toujours en fuite.
Rien ne semble solide...
... permanent.
Mais tu veux rester ?
Malgré l'odeur ?
Bien.
Toute une saison au même endroit ? Oui !

Souhaite-moi bonne chance pour le conseil.
Tu vas explorer alentour ?
Oui.
Sois prudent. Que personne...
Jusqu'à ce que tu sois assez fort pour te défendre. Et n'oublie pas, tu es...
Je sais.
Eryk. Je sais.
C'est mon vrai nom que j'ai peur d'oublier.

Ton vrai nom est gravé là.
Tatoué sur ton cœur.
Mais personne ne doit le voir.
Je sais.
« Je sais, je sais. » Tu croasses comme un corbeau !

Sois de retour avant la nuit.

Ha ha!

Attention, Sylvi !
T'inquiète pas !

Bonjour.
Ajor?
Nous parlons ravkan.
Sylvi, arrête! Reviens ici.
Non!
Regarde-moi, Annika!

Tu es le fils
de Lena ?
Tu sais faire
comme elle ?
Oui.
Montre-
moi !
Oui.
Tes manières,
Sylvi !
Je veux voir...

Pas de problème.
Encore !

Oh!
Annika, viens essayer!
Laisse-le tranquille, Sylvi.
Comment tu t'appelles?

Eryk.
J'aime pas ce nom.
Pourquoi tu en changes pas ?
Moi non plus.
Un jour...
Fais-le encore !
Arrête de l'embêter, Sylvi.

Sylvi, non !
Sylvi !
Hi hi ! Je ne te vois plus !
Et toi, tu peux me voir ?

Ramène-la.
Elle est juste là. Derrière.
Pourquoi t'as arrêté ?

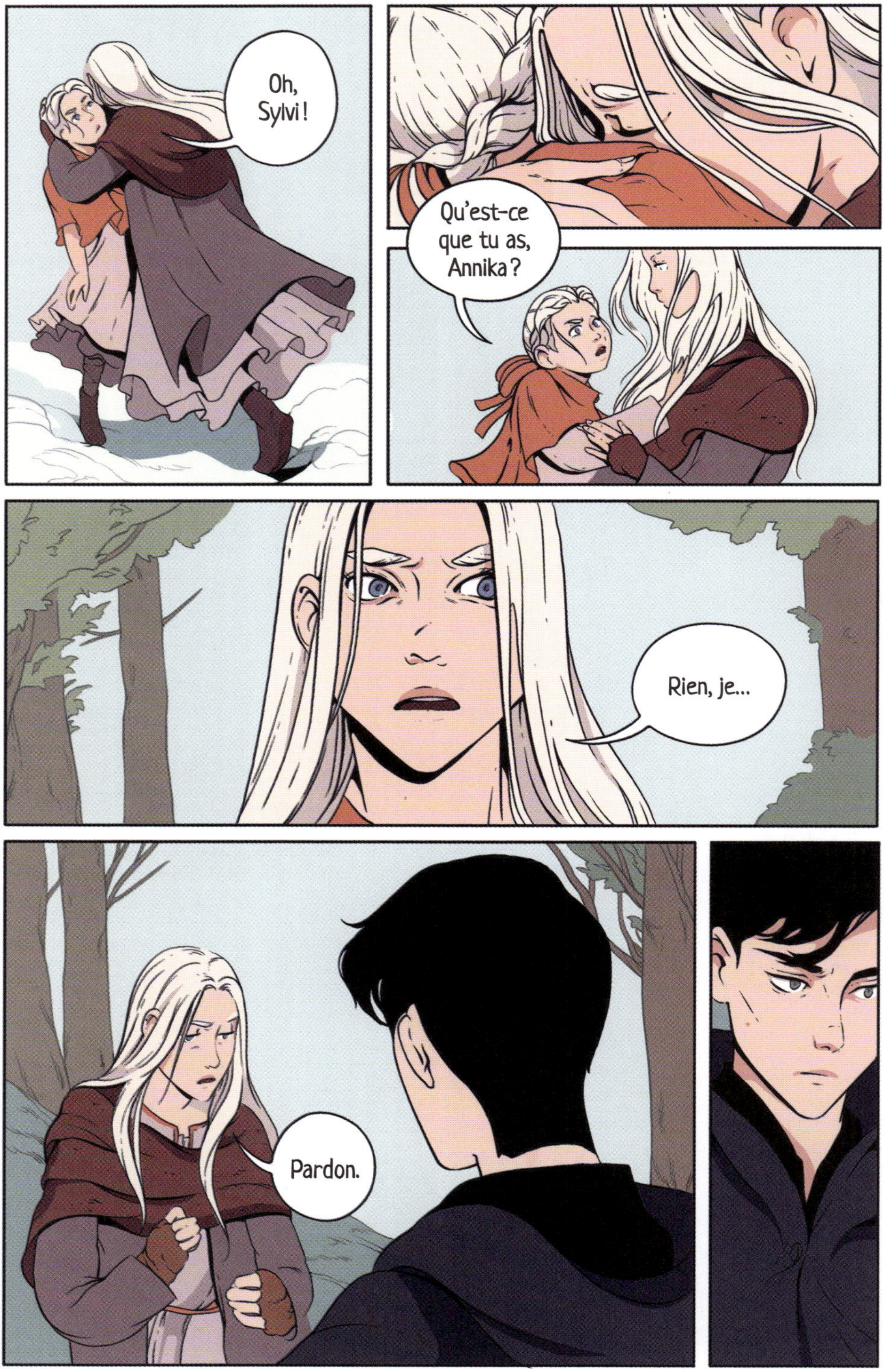
Oh, Sylvi !
Qu'est-ce que tu as, Annika ?
Rien, je...
Pardon.

Je n'avais jamais rien vu de tel.
Écoute, je suis désolée...
Ça doit pas être si dur de le tuer !
Tout est dans la traque.

Comme si tu pouvais attraper un ours...
Ha !
Lev, il peut !
Hm ?

Tu viens t'entraîner, Annika?
Tu en as bien besoin.
On partait, Lev.
Eh, toi!
Tu es l'autre invocateur d'ombre.
Tu es venu avec la sorcière de la nuit.
Ne dis pas ce mot.
Sorcière? Et pourquoi pas?

Si tu avais vu des *drüskelle* à l'œuvre, tu comprendrais. Viens, Sylvi.
Mais je veux rester !
Ne partez pas à cause de nous.

À toi, Annika. Montre-leur !
Oui, à toi.

Waouh !

Minable. Comme ton père.
Tu devrais t'entraîner plus au lieu de jouer avec cet avorton.
C'est quoi ?
Quelqu'un de petit, chétif et inutile. Comme toi.
Une petite
otkazat'sya,
une erreur de la nature.

Laisse-la tranquille.
Elle n'a rien à faire ici. C'est un camp grisha.
Certains manifestent leur pouvoir plus tard.
C'est une *otkazat'sya*, et tu le sais. Une mauviette issue d'une famille de mauviettes.
Elle devrait partir d'ici. Comme vous tous. Vous êtes pires que des boulets.
Ce n'est pas à toi d'en décider.
Non, c'est à mon père.
On devrait la noyer maintenant. Pour son propre bien.

Je t'ai dit de la laisser !
Ah, tu veux jouer ?

J'ai mal !

Je vois plus rien!
À l'aide!

Retourne au camp! Laisse-nous tranquilles!
Rends-moi mes yeux, ordure!
Va-t'en!

Tu me le paieras !

Je veux apprendre à faire comme toi !
Je suis une Grisha !
Les ombres, obéissez-moi !
Elle croit encore être Grisha. Un jour, elle comprendra...
La vie est si dure ici.
Au camp, ils veulent des guerriers, pas des bouches à nourrir.

Merci.
Je...
De rien.

Ah,
te voilà !

Comment était le conseil ?
Prévisible. Les aînés ne parlent que de l'amplificateur.
Comme si les os ou les dents d'un ours étaient la solution à tous leurs problèmes.
Et toi ?
Le ulle a mentionné son fils. Tu l'as rencontré ?
... Oui. Et d'autres aussi.
Ça s'est bien passé ?
Oui.
Je... leur ai montré des trucs.
Comment ça ?
Quelques tours.

Tu te rappelles ce que je t'ai dit ?
D'être prudent.
Je sais.

Notre pouvoir est...
... différent.
Il inspire la peur ou l'envie.
Les autres Grishas le fuient ou le convoitent.
Sois toujours vigilant.
Toi, tu as bien utilisé la Coupe devant les aînés.

Question d'équilibre.
La peur peut être une bonne alliée.
Mais si tu l'alimentes trop...
... elle peut se retourner contre toi.
Leur montrer toute la puissance de la Coupe serait imprudent.
Apprends-moi ! Donne-moi une autre chance...

Te souviens-tu de la dernière fois, mon fils ?

Tu as essayé et échoué. Attendons que tu grandisses et que tu contrôles mieux tes pouvoirs.
Nous ne sommes pas comme les autres.
Et pas juste à cause des ombres.
Ne les laisse jamais s'approcher trop de toi.
Est-ce que tu comprends ?
Je comprends.

TCHAK
TCHAK
TCHAK

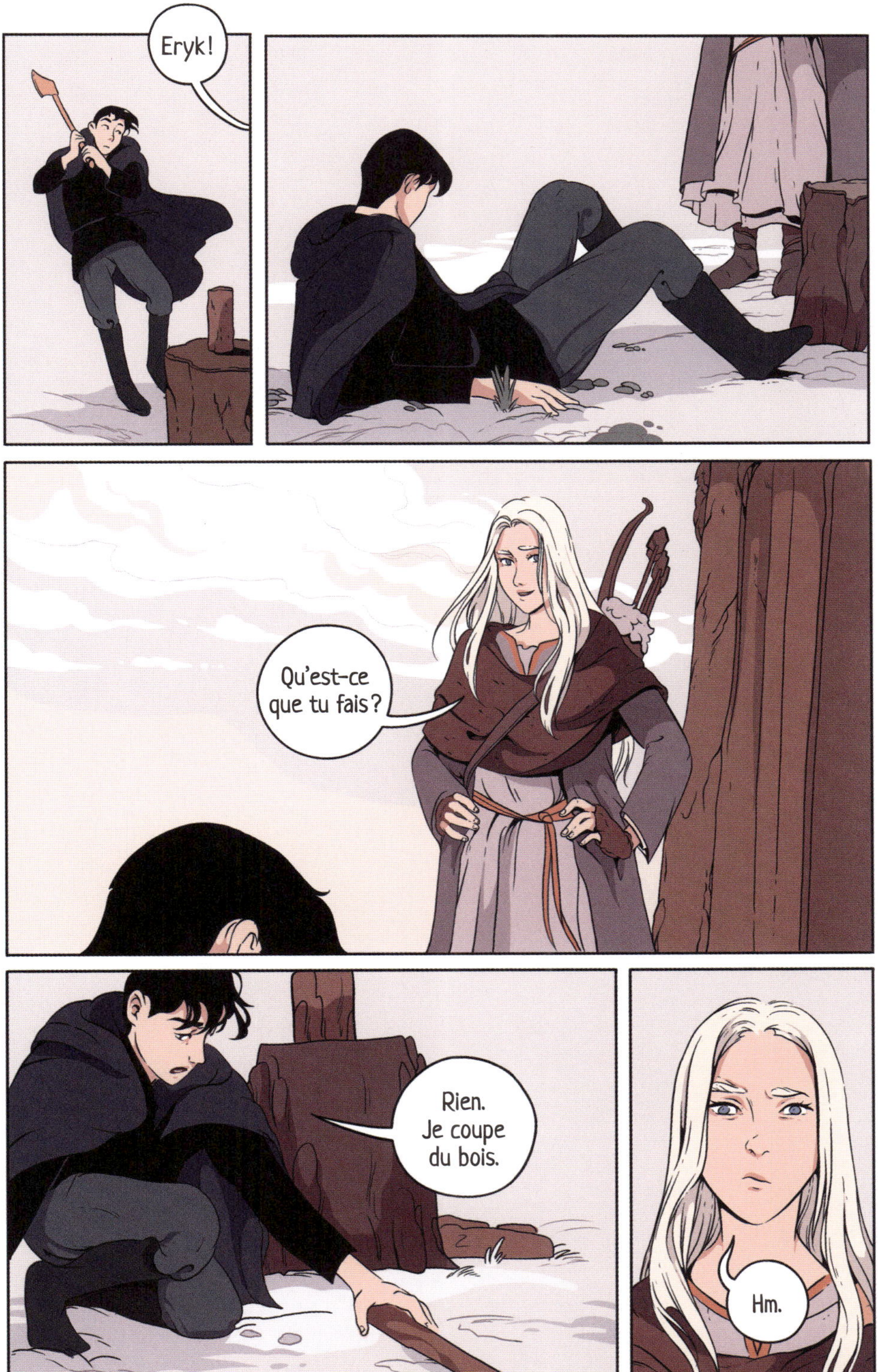
Eryk!
Qu'est-ce que tu fais ?
Rien. Je coupe du bois.
Hm.

Où est Sylvi ?
À la maison. Je lui ai dit que j'avais une course urgente à faire.
J'ai besoin de ton aide.
Tu as entendu les aînés parler de l'amplificateur ?
L'ours ?
Je le veux pour moi.

Tu vas
le chasser ?
Seule ?
Pas
seule.

Ça m'étonne que Sylvi ne t'ait pas suivie.
Je ne lui en ai pas parlé.
Elle ne sait pas ce qu'est un amplificateur, de toute façon.
Et elle est trop petite pour chasser.
Tu as déjà chassé un ours ?
Non.
Mais je n'ai jamais eu d'invocateur d'ombre avec moi non plus.

J'ai vu ce que tu as fait à Lev et aux autres.
Il faudrait que tu aveugles l'ours...
... mais tu ne dois surtout pas le tuer! C'est à moi de le faire si je veux récupérer ses os.
Les os d'un amplificateur tué de ma propre main. Sinon, ça ne compte pas.
Je sais comment ça marche.
Parfait. Viens.

C'est bon.
Et pourquoi tu veux l'amplificateur ?
Tu m'as vue, hier.
J'en ai besoin pour renforcer mon pouvoir.

Tu t'inquiètes de ce que Lev a dit ?
Tu regrettes de nous avoir défendues ?
Quoi ? Non.
Tu devrais être son ami, pas le mien. Il est fort, comme toi.
Lev est un abruti.

...
Ta mère aussi est puissante.
C'est vrai, oui...
Tu ne m'as rien demandé sur la mienne.
Tu aurais voulu ? Je...

Les *drüskelle* l'ont prise. Quand on vivait près d'Overüt.
Je suis désolé.
C'est injuste. Les Grishas ne devraient pas avoir à vivre dans la peur.
Annika ? Est-ce que ça va ?

Regarde !
Des empreintes d'ours !
Oh…

D'où viennent-elles ? Et ce sang ?
Les aînés le chassent peut-être aussi.
Non. Ils n'ont sûrement pas encore décidé qui aura le droit de le tuer. Ça peut leur prendre des années.
Par ici.

J'ai vu autre chose.
C'est le bonnet de Sylvi !
Tu es sûre ?
Je l'ai brodé moi-même !

Je crois qu'on s'approche de...
Je m'en doutais.

Le village *otkazat'sya*. Déjà ?
Il n'est pas loin du camp si on passe par la montagne.
Il faut y aller. Si Sylvi est là…
Annika… ?
Et s'il y a des *drüskelle* ?
Si loin au sud ?

Je peux nous rendre invisibles.
C'est vrai ?
J'ai fait disparaître Sylvi, non ?
Si je me concentre, je peux le faire pour nous deux.
Il faut que je te tienne ?
Non !

Désolé.
Ça risque de me perturber.
Reste juste à côté.

Ça semble si paisible ici.
Tu es sûr qu'ils ne nous voient pas?
Certain.
Comment tu fais?
Un simple jeu de lumière. Ou d'obscurité plutôt.

Sylvi !
Annika ?
Sylvi, viens ici. Derrière les immeubles.

Tu es là, Annika ? Je ne te vois pas !
Suis ma voix.

Sylvi !
Annika ! Tu as utilisé le sort d'Eryk !
C'était amusant ?
Sylvi, qu'est-ce que tu fais ici ?
Je voulais t'aider.
Comment... ?

Je savais que tu partais chasser l'ours. Je voulais le trouver pour toi.
Mais je n'ai pas réussi. Et après, je me suis perdue.
Sylvi...
J'ai croisé des gens et ils m'ont amenée ici, et devine quoi ? Ce soir, ils...
Sylvi !
Leur as-tu dit que tu venais du camp grisha ?

Non.
J'ai dit que j'allais vers le nord avec mes parents.
As-tu la moindre idée du danger que tu cours ici ?
Tu t'en fais toujours pour rien. Ils sont gentils !
Tu es trop jeune pour comprendre. On a trouvé ton bonnet. Il y avait du sang partout, et je...
Oh !
Suis-moi, tu vas comprendre pour le sang !

Regarde! Là!

Ils ont attrapé l'ours et l'ont ramené ici !
Ils l'appellent l'ours démon.
Quel gâchis...
Quoi ?

Tu voulais le tuer, non?
Pourquoi tu n'es pas contente?
Quel intérêt pour un *otkazat'sya* de l'abattre?
Ils en avaient peur. C'était une raison suffisante.
Il faut partir.

Non, pas déjà !
Ce soir, ils organisent une grande fête.
Pour célébrer la capture de l'ours !
On peut rester ?
On s'en va.

Mais ils ont des petits pains cuits dans une maison en pierre qui ne fait que ça !
Et des lanternes !
Et il y a des enfants de mon âge.
Nous ne sommes pas chez nous ici.
Moi, si.

C'est vraiment le meilleur chemin ?
C'est le plus rapide, et nous n'avons pas le choix.
Il va bientôt faire nuit et on n'a pas de lanterne.

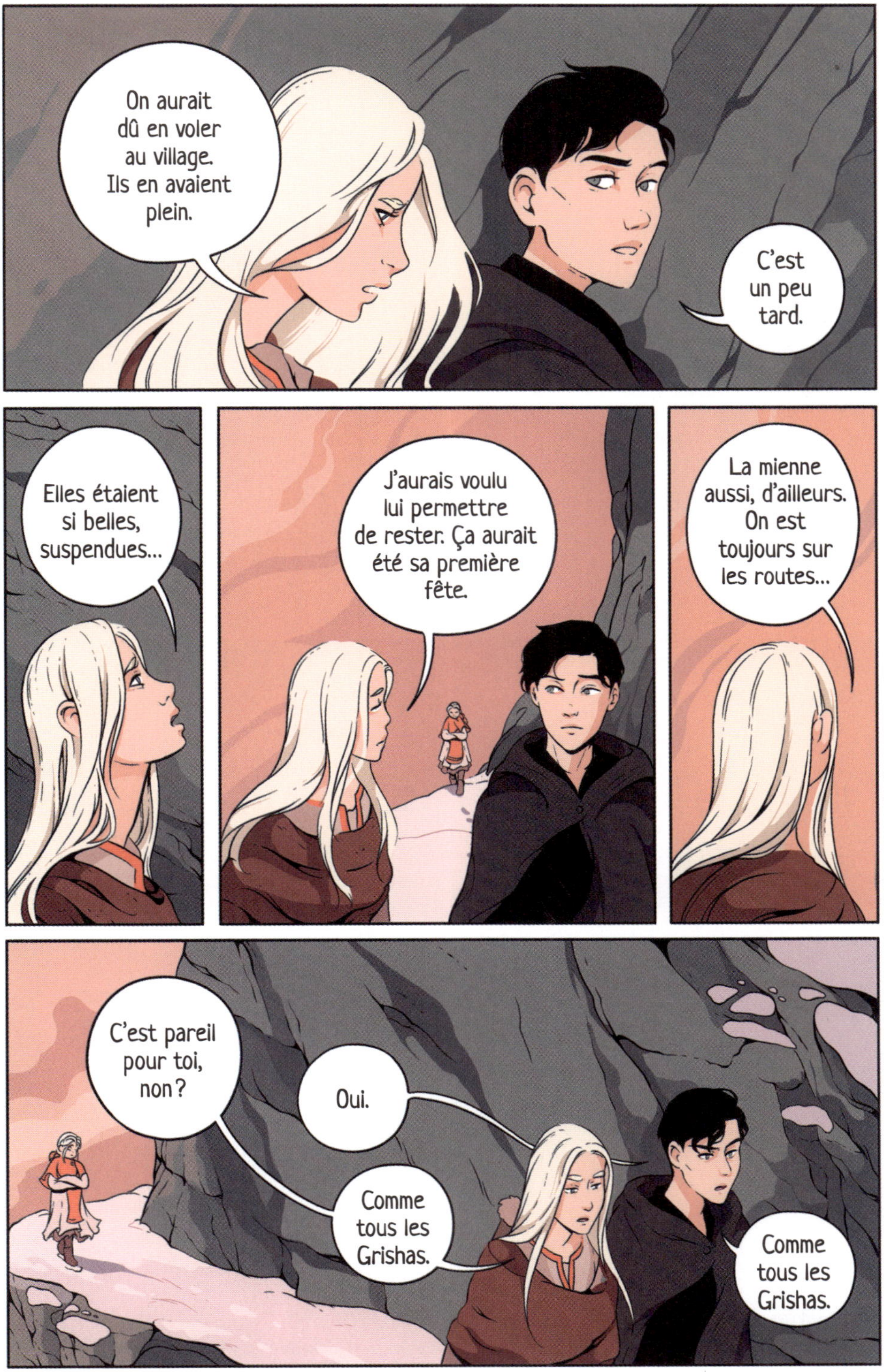
On aurait dû en voler au village. Ils en avaient plein.
C'est un peu tard.
Elles étaient si belles, suspendues...
J'aurais voulu lui permettre de rester. Ça aurait été sa première fête.
La mienne aussi, d'ailleurs. On est toujours sur les routes...
C'est pareil pour toi, non?
Oui.
Comme tous les Grishas.
Comme tous les Grishas.

Imagine pouvoir vivre au même endroit toute une vie !
Une maison avec des murs en pierre qui protègent du vent...
... une cuisine avec une cheminée, un lopin de terre...
Et voir toujours les mêmes voisins.
Les mêmes voisins ?
On ne voit jamais les mêmes visages quand on fuit.
On n'a jamais le temps...
... de se faire des amis.
Oui.
Mais regarde, tu es là depuis un jour, et tu en as déjà !

Ne me dis pas qu'on n'est pas tes amies.
Tu m'as aidée à protéger Sylvi deux fois. Ce n'est pas rien.
Allez, Sylvi ! Dépêche-toi !

Pas envie.
Accélère, la nuit tombe.
Je veux aller à la fête.
Sylvi...
Non !

Oh non.
Sylvi, ne bouge pas! Reste où tu es!

Je vais consolider la neige !
Sylvi, ne bouge pas !

SYLVI!

Sylvi ?
Annika, c'est toi qui as fait ça ?
Je…

Annika ! Annika !
C'était incroyable !
Il faut le dire aux autres !
Hé !
Lev va être trop jaloux !

Tu es un amplificateur.

Oui.
Idiot...
Imprudent...
Ne t'en fais pas. Je ne dirai rien.

Ça fait trois fois.
Je te l'ai dit. Ce n'est pas rien.
Si ma mère le découvre, nous devrons partir...
Je ne veux pas que tu partes.

Et VOOOM! La glace s'est soulevée!
Mais où étais...
Sylvi nous a raconté ce que tu as fait. Est-ce vrai?
Elle exagère.

C'est faux!
Tes efforts ont fini par payer.
Un tel progrès en si peu de temps... Tu as dû travailler dur.
Il faudra nous montrer ça! Mais plus tard!
Le repas refroidit.
Alors là, Lev! Attends de voir ce dont Annika est capable!

Eryk!
Je veux pas de pain noir.
Je veux de la *babka*, comme à la fête du village.
Chut! Je t'ai dit de ne pas en parler.
Imagine que c'est un pain au lait.

Tu n'aimes pas ça ?
Ça va.
Qu'est-ce que tu aimes manger ?
Je ne sais pas.
Tu préfères le sucré ou le salé ?
Euh... plutôt le sucré.
Quel genre ?

Les gâteaux ?
Peut-être ces bonbons...
... enrobés de sésame.
C'est quoi le sésame ?
Euh... des graines pour décorer, je crois. J'en ai vu sur un marché.
J'aime tout, en fait.

Et ta couleur préférée?
Je n'en ai pas.
Comment c'est possible?
Bleu foncé comme la Vraie Mer. Rouge comme les toits des temples shu. Jaune pur comme le soleil…
Les couleurs qu'on ne voit pas dans le noir.
Je n'y ai jamais vraiment réfléchi.
Moi, c'est arc-en-ciel!
C'est pas une couleur.
Si.

J'aurais
dû lui dire ce
que j'ai fait.
Hé!
Ça te dirait
d'aller nager
ce soir?
Juste toi
et moi?

Il fait trop froid pour ça.
Je connais un étang alimenté par des sources d'eau chaude. Je n'y ai jamais emmené personne.
Il vaut mieux pas.
Bien.

Quelle heure ?

Hey!
J'ai cru que tu ne viendrais pas.
J'ai dû attendre que ma mère dorme.

Sylvi sera fâchée d'avoir raté ça.
La journée l'a épuisée. Je ne voulais pas la réveiller.

Et on est plus tranquilles sans elle.
Au fait, elle a décrété que ta mère était une princesse.
Princesse de quoi ?
Juste une princesse.
Elle est très belle.
Ta mère était comment ?

Douce.
Elle nous chantait des berceuses.
Je lui ai dit que j'étais trop grande pour ça.
Je le regrette tous les soirs.
Les chasseurs de sorcières avaient d'immenses chevaux qui semblaient plus grands que des maisons.

Les *drüskelle* élèvent leur propre race d'étalons.
Ah oui ?
Ces chevaux ne craignent ni le feu ni l'orage. Ils sont parfaits pour se battre contre les Grishas.
Ce n'était pas une bataille.
Même pas un combat.
Mon père n'a pas pu nous protéger.
Il a réussi à vous sauver, Sylvi et toi.

Si on veut...
Je vais plonger.
C'est assez profond ? Tu es sûre ?
Je le fais tout le temps.
Sois prudente !

Qu'est-ce que tu attends?
Rien.
Il fait froid...

Qu'est-ce que tu fais ?
Annika ?

Je suis désolée.
J'ai besoin d'un amplificateur.

L'ours c'était mon unique chance. Les aînés ne m'auraient jamais autorisée à le chasser. Ils le destinaient à un Grisha puissant, comme Lev ou son père.
Annika, écoute-moi...
Annika...
Mon père ne peut pas nous protéger.
Je peux, moi ! Nous sommes amis.
On a de la chance qu'ils nous laissent rester.
Qu'est-ce que tu fais, Annika ?
Oui, qu'est-ce que tu fais, Annika ?

Va-t'en, Lev!
Je n'en ai pas terminé avec ce petit démon. Avec toi non plus, d'ailleurs.
Repars au campement, Lev.
Tu me donnes des ordres?

Fais-le, Annika ! Si je meurs, je ne veux PAS que ce soit Lev qui utilise mon pouvoir.
De quoi tu parles ?
Tais-toi.
JE SUIS UN AMPLIFICATEUR, ET QUAND ANNIKA PORTERA MES OS, TU NE POURRAS PLUS LA HARCELER.
TAIS-TOI !

Ses os
sont à moi!
Plus près...

Je suis désolée.
Tellement désolée.
TCHAC

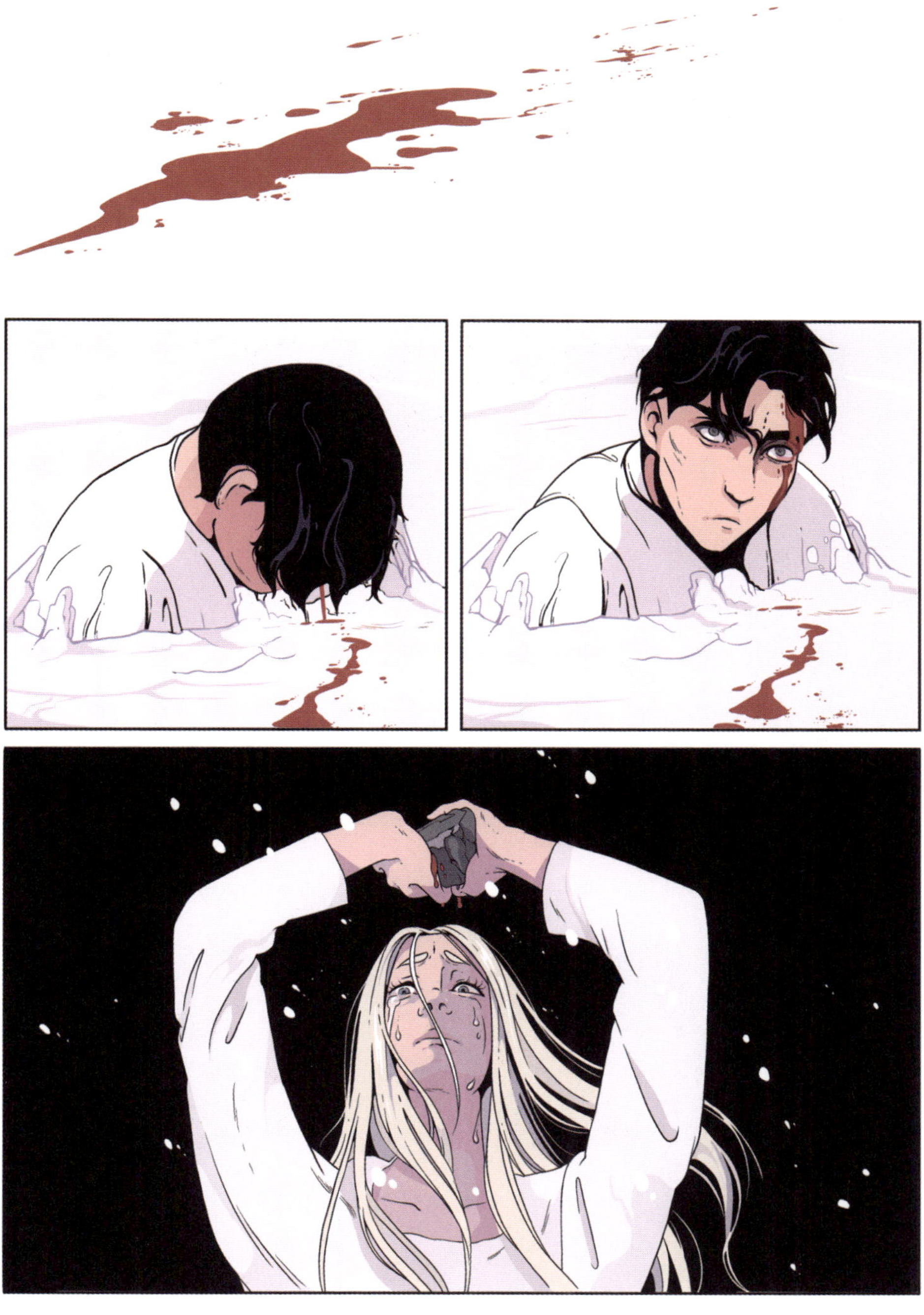

Non!
Il est
à moi!

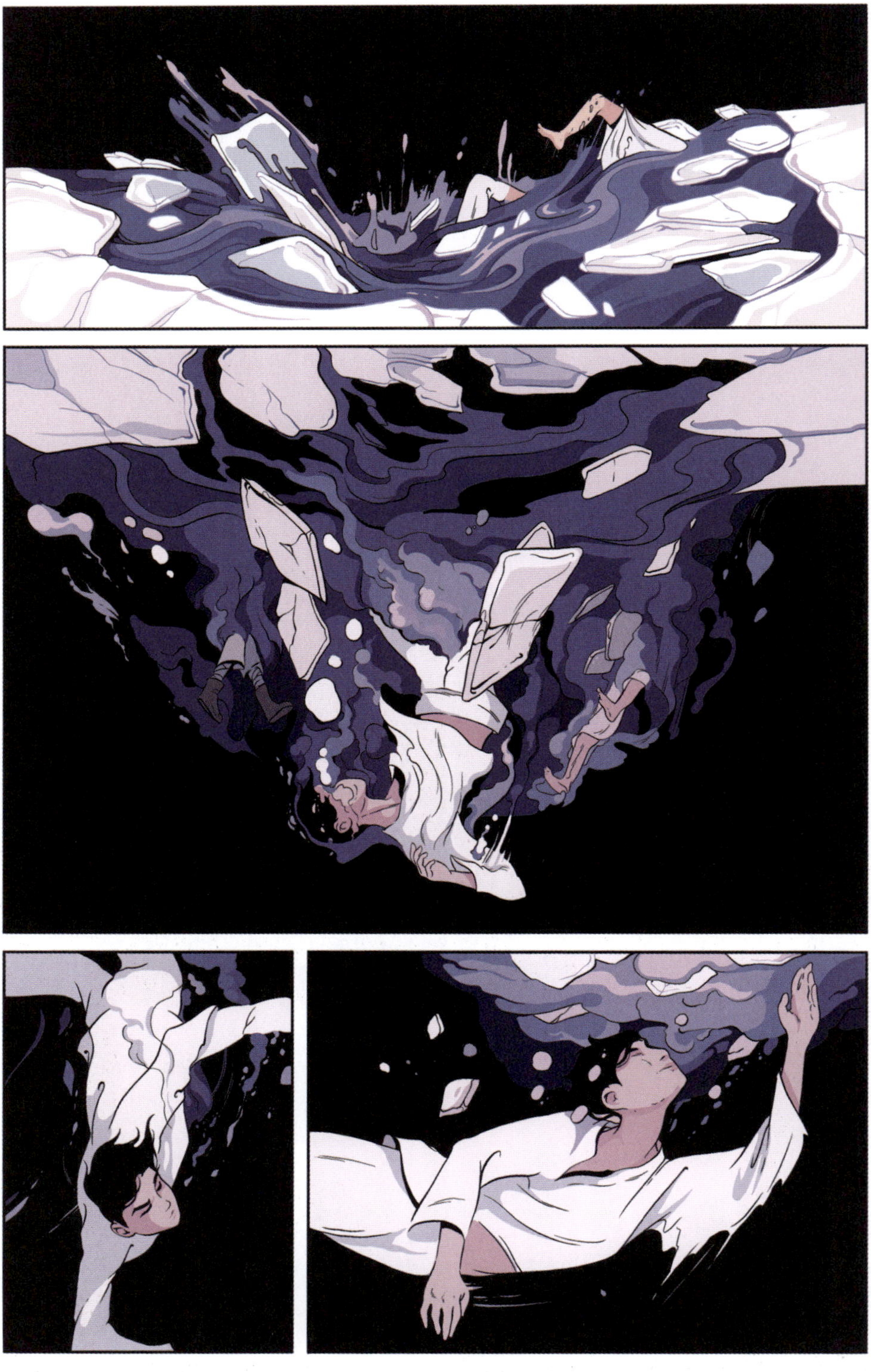

Il est à moi !
Non !
Je vais mourir ici.
Ils porteront mes os.

Bats-toi.

Qu'est-ce que tu attends?
On ne peut pas s'arrêter? Il fait nuit.
Et alors?
Qui se ressemble s'assemble. Tu es les ténèbres.
Tant que ton cœur bat, continue à te battre.

Aleksander.
Bats-toi.

Eurgh.
Aide-moi.
S'il te plaît...
Eryk...

Ce n'est pas
mon nom.

C'est moi
qu'ils accuseront.
Ma mère et moi.
Ils nous exécuteront.

À moins que je leur offre
quelqu'un d'autre à haïr.
SHLICK

Combien étaient-ils, Eryk ?
Combien ?

Six.
Peut-être
sept.
Fjerdans
ou Ravkans ?
Ils parlaient
ravkan.
Assez.
Madraya.
Nous devons
évacuer le camp.

S'ils ont trouvé les enfants cette nuit...
On n'ira nulle part.
Nous allons raser ce village *otkazat'sya* et tuer dix de leurs enfants pour chacun des nôtres.
Nous n'avons pas de soldats.
Agissons prudemment...
Mon fils est mort.
Ta fille aussi.
Ma prudence a péri avec eux.

Que faisais-tu dehors, Eryk ?
Je nageais.
Tu n'aurais pas dû t'éloigner du camp en pleine nuit.
Je sais.
Nous voulions juste... Je voulais...

Ce ne sont que des enfants.
Si nous attaquons, il nous faudra ta puissance.
Je m'occupe d'abord d'Eryk.

Il a failli perdre sa jambe. Laisse faire nos soigneurs...

Je suis désolé.
Tu as survécu.
Tu n'as pas à t'excuser. Dors.

À L'AUBE...
Tout ira bien ?
Oui, si ses blessures restent propres.
Tant mieux, Eryk. Je n'aurais pas supporté une autre... une autre mort.

Laisse-le.
Il faudra qu'on parte, nous aussi. Après ce qu'on vient de faire...
Il y aura des conséquences.
Tu as ta place parmi nous, Lena. C'est plus sûr de voyager groupés...
Pardonne-nous, mais nous n'attendrons pas.
Tu nous as déjà promis la sécurité, ulle.

Je pensais...
... être en mesure de vous l'offrir.
Mais peut-être n'existe-t-il aucun lieu sûr pour les nôtres.

Tu es réveillé ?
C'était très malin, tu sais...
... d'utiliser la Coupe sur toi.

Elle a gelé le lac.
Petite futée.
Ça sent la fumée?
Sûrement.
Le village?
Ils ont refusé de livrer vos agresseurs. Alors, nous les avons tous tués.

Tous ?
Hommes, femmes, enfants. Et ensuite, nous avons brûlé leurs maisons.
Je suis désolé.
Pas moi. Tu m'entends ?
Je brûlerais un millier de villages, sacrifierais des milliers de vies pour te sauver.
On nous aurait mis sur un bûcher si tu n'avais pas vite trouvé une solution.

Mais je ne peux pas haïr Annika et Lev pour ce qu'ils ont tenté de faire.
La vie qu'on mène, la vie qu'on nous impose... ça nous rend désespérés.
Le ulle a raison.
Il n'y a aucun lieu sûr pour nous. Aucun refuge. Pas pour nous.

Aucun lieu sûr. Aucun refuge.

Mais il y en aura un.

J'en créerai un.

REMERCIEMENTS

J'ai écrit cette histoire en 2013, juste avant la publication du *Dragon de glace*, le deuxième tome de la trilogie des *Grisha*. Est-ce l'histoire des origines d'un héros ou d'un méchant ? Je n'ai jamais réussi à voir Aleksander comme l'un ou l'autre. C'est un survivant qui rêve de sécurité pour son peuple. Si Ravka était un autre pays, s'il avait été élevé par une autre mère, si sa mère avait été élevée par une autre mère… qui sait ce qui aurait pu se passer ?

Je voudrais remercier les personnes qui ont suivi cette histoire depuis le début : tout d'abord, Dani Pendergast, qui a donné vie à ces personnages et à ce monde avec originalité, émotion et talent. Dani, je te suis à jamais reconnaissante.

Noa Wheeler, qui a édité la nouvelle de départ. Erin Stein, Natalie Souza et surtout John Morgan et Kyla Vanderklugt, sans qui cette histoire ne serait jamais devenue un vrai scénario. Kate Meltzer nous a guidés dans nos corrections, avec précision et patience. Merci à Allison Verost et Jen Besser, ainsi qu'aux extraordinaires équipes du marketing, de la publicité et des droits à MCPG : Mariel Dawson, qui nous donne vraiment l'impression de nous balader dans le Grishaverse, Kathryn Little, Melissa Zar, Teresa Ferraiolo, Julia Gardiner, Kristen Luby, Melissa Croce, Kristin Dulaney, Kaitlin Loss, Jordan Winch et les merveilleuses Molly Ellis et Morgan Kane. Et un grand merci à la magnifique équipe des ventes de Jennifer Edwards, Jessica Brigman, Jasmine Key, Jennifer Golding, Mark von Bargen, Matthew Mich, Rebecca Schmidt, Sofrina Hinton et Taylor Amstrong. Un grand merci aussi à Jon Yaged, qui n'entre dans aucune de ces listes.

Ma famille chez New Leaf Literary m'a accompagnée depuis le début. Merci à Hilary Pecheone, Veronica Grijalva, Victoria Hendersen, Meredith Barnes, Abigail Donoghue, Jenniea Carter, Katherine Curtis, Kate Sullivan, la brillante et perspicace Jordan Hill, l'acharnée Pouya Shahbazian, et mon agente, Joanna Volpe, qui m'a comblée de son humour, de sa grâce et d'une bonne dose de « mais carrément ! ».

Et j'adresse tout mon amour et ma gratitude à ma famille : Maman, Christine, Sam, Emily, Ryan et Fredward. Et E, peu importe le nombre d'étoiles qu'on verra dans le ciel, ce n'est qu'avec toi que je veux les regarder.

LEIGH BARDUGO

Travailler sur ce livre a été pour moi une expérience extraordinaire et je n'aurais pu le faire sans le soutien et la gentillesse de tous ceux qui étaient présents du début à la fin de ce projet. Un million de mercis à ma famille, qui m'a toujours redonné le moral, et qui m'a appris le goût de la ténacité pour réaliser mes rêves. Merci à l'équipe du Roaring Book Press et à tous ceux qui m'ont aidée à donner vie à ce livre. Merci à mon éditrice, Kate Meltzer, et à Kirk Benshoff, avec qui c'est un plaisir de collaborer. Un énorme merci à Thao Le, que j'ai la chance d'avoir comme agent. Merci à Geoff pour son soutien inconditionnel et pour s'être occupé de la maison pendant que je dessinais. Et enfin, merci à Leigh. Je te suis à jamais reconnaissante pour ta confiance et cette opportunité que tu m'as donnée d'interpréter ton histoire visuellement. Tes mots m'inspirent.

DANI PENDERGAST

ENTREZ DANS L'UNIVERS GRISHA

GRISHAVERSE

TRILOGIE GRISHA

DUOLOGIE SIX OF CROWS

DUOLOGIE KING OF SCARS

ANTHOLOGIES

Titre original : *Demon in the wood*
Ouvrage originellement publié par Roaring Brook Press,
une marque de Holtzbrinck Publishing Holdings Limited Partnership
120 Broadway
New York, NY 10271

Illustrations de Dani Pendergast

1, rond-point du Général-Eisenhower, 31101 Toulouse Cedex 9, France
editionsmilan.com

Correction : Claire Debout

Dépôt légal : mars 2023 • ISBN : 978-2-408-04338-4
Achevé d'imprimer au 1er trimestre 2023 en Slovénie par DZS

Plus d'informations sur la fabrication de nos livres :
editionsmilan.com/comment-fabriquons-nous-nos-livres

FSC www.fsc.org
MIXTE
Papier issu de sources responsables
FSC® C106600